D1711817

Sors de ta chambre!

Karine Reysset

Sors de ta chambre!

Médium
l'école des loisirs
11, rue de Sèvres, Paris 6ᵉ

Du même auteur à *l'école des loisirs*

Collection MÉDIUM

À peine un peu de bruit
Je ne suis pas une fille facile
À quoi tu penses

Collection NEUF

La famille de mon frère
Mon nouveau frère
Pattes de mouche

© 2007, l'école des loisirs, Paris,
loi n° 49.956 du 16 juillet 1949 sur les publications
destinées à la jeunesse : mars 2007
Dépôt légal : mars 2007
Imprimé en France par Aubin
à Poitiers

ISBN 978-2-211-08692-9

Pour Olivier,
bien sûr

I

— Tu sais, mercredi, ça fera un mois qu'on est ensemble. J'ai un petit cadeau pour toi.

Je regarde le garçon qui est en face de moi. C'est Baptiste, mon amoureux, mon petit copain, mon fiancé, je ne sais jamais comment l'appeler. J'ai eu une absence, ça m'arrive souvent et pourtant je suis si bien avec lui, là n'est pas le problème. J'ai du mal à vivre le moment présent, à en profiter. Après les cours, nous avons pris le chemin des écoliers. Nous sommes allés faire un tour à Montmartre, en évitant la place du Tertre, ses peintures abominables et ses tireurs de portraits insistants, puis nous nous sommes arrêtés à *La Fourmi* (juste à côté de *La Cigale*, d'où le jeu de mots). J'aime bien ce café avec son lustre de bouteilles vides. J'ai trempé mes lèvres dans la bière de Baptiste et je me sens légèrement grisée.

— Tu rêves, *darling?* me demande Baptiste en passant la main devant mes yeux.

– Un peu, je souris. Je suis désolée, je n'ai rien prévu pour le moment. Tu sais, il ne faut pas m'en vouloir. J'innove avec toi.

C'est vrai, je n'ai pas encore l'habitude, Baptiste est mon premier *vrai* petit copain. Je m'étais déjà laissé embrasser deux ou trois fois à la sauvette, je m'étais empressée de fuir en courant.

– C'est pas grave, fait Baptiste et ses yeux débordent de tendresse.

Je ne sais plus où me mettre quand il me regarde comme ça. Je me sens si vulnérable et à la fois plus forte. Je jette un œil sur ma montre, mais je le savais, c'est comme si j'avais une horloge interne avec des picotements un peu partout sur la peau.

– Il faut vraiment que j'y aille cette fois.

– Je te raccompagne ? J'aimerais bien savoir où tu habites depuis le temps.

Nous longeons le boulevard Rochechouart, traversons le square d'Anvers, dont le toboggan vient d'être enfin réparé. Baptiste m'embrasse une dernière fois, déplace la mèche qui a tendance à cacher mes yeux :

– Demain, on ira se balader sur les quais après les cours. Il y a une expo de sculptures africaines sur le pont des Arts.

Je hoche la tête, j'essaie de montrer de l'enthousiasme, mais j'ai la gorge serrée, et demain me semble si loin. Baptiste a toujours des tas d'idées, de projets, d'initiatives. Moi, je suis un peu à la traîne, je ne fais que suivre le mouvement et ce n'est déjà pas si mal. Si ça ne tenait qu'à moi, je ne ferais rien. Ce n'est pas de la paresse, c'est juste que je me sens parfois si lourde, comme si mes deux jambes étaient plantées dans du ciment. C'est juste que j'ai tout le temps envie de pleurer même quand je suis gaie. Je suis inondée de larmes à l'intérieur qui parfois débordent comme un trop-plein pour réguler le flux.

– Alors à demain.

– Oui, à demain.

Nous ne bougeons pas d'un pouce. Plus ça va, plus j'ai du mal à me séparer de lui. Je deviens dépendante, je n'aime pas ça, j'ai peur qu'il s'aperçoive que je ne vaux pas grand-chose et qu'il m'abandonne. Je ne peux pas me permettre d'avoir un chagrin d'amour par-dessus le marché.

– Bon, allez, viens, je vais te montrer.

Nous traversons l'avenue Trudaine. Je fais le code du portail imposant.

– Dis donc, c'est une vraie forteresse.

– N'exagère pas !

Nous entrons dans la cour pavée avec ses petits bananiers et ses orangers dont je n'ai jamais réussi à savoir s'ils étaient vrais ou très bien imités.

— C'est drôlement chic. J'ai un peu honte à côté.

— Arrête, j'adore ton appartement. Il est très chouette, pas prétentieux pour un sou.

Je lui montre au premier étage ma chambre avec ses rideaux violets, ses volets coulissants.

— C'est marrant, l'échelle d'incendie n'est pas très loin de ta fenêtre. On pourrait presque passer par là.

— Je n'avais jamais pensé à ça. Maintenant, c'est malin, je vais avoir peur des cambrioleurs. Cette fois, il faut vraiment que tu y ailles. Géraldine ne va pas tarder à se pointer, je ne tiens pas à ce qu'elle te voie.

— Elle est si terrible que ça ?

— Bien pire, je grimace. Enfin, c'est surtout que ça ne la regarde pas.

Ça le fait rire, moi un peu moins. La tension monte, et pourtant elle n'est pas encore là, elle doit encore être dans le métro ou à sa dernière réunion pour boucler les pages *Accessoires* de son magazine.

Je pousse Baptiste au-dehors, le regarde s'éloigner avec sa démarche dégingandée. Un grand oiseau noir. Au feu rouge, il allume une cigarette. Il s'abstient de fumer en ma présence. Allez savoir pourquoi. Je n'ai pas envie de monter. Chaque soir, c'est le même problème, alors je joue les prolongations avec ou sans Baptiste. Nous allons au cinéma, ou je fais mes exercices de maths dans un café. Ou je prends le métro pour aller je ne sais où, et je finis par me retrouver au milieu des couloirs, complètement perdue. Tout vaut mieux que l'appartement. J'ai envie de courir, de prendre mes jambes à mon cou. Mais où aller ? Je n'ai que seize ans. Quand j'en aurai dix-huit, on verra. J'essaie de prendre mon mal en patience en me disant que je partirai de la maison le soir même sans rien demander à personne. D'autres fois, je me persuade que les choses ne sont pas si terribles, qu'il faut relativiser. J'ai tendance à exagérer. Je ne suis pas battue, ne subis aucun mauvais traitement. N'empêche, le stress gagne du terrain pendant que je grimpe les marches recouvertes de moquette grenat. Les larmes me montent aux yeux. Je ne m'habituerai jamais à ne pas retrouver maman à mon retour. Cela fait pourtant plus de cinq ans maintenant, mais c'est comme si le manque se creusait chaque jour davantage.

Quand j'ouvre la porte, j'ai souvent l'impression de m'être trompée d'endroit. Même l'air qu'on respire semble différent depuis que Géraldine fait partie des meubles, depuis qu'elle a entrepris de «redécorer» l'appartement à sa façon, de le défigurer. Elle pompe tout l'oxygène et moi je ne peux qu'étouffer.

Dès qu'elle me voit, Kadiatou enfile sa veste et attrape son sac à main. Elle a l'air contrariée.

– Je suis désolée…

– Vous savez, mademoiselle, j'ai une vie moi aussi.

Je n'ai pas la conscience tranquille, même si je sais qu'elle n'ira pas rapporter. C'est une alliée. J'embrasse Sylvain sur le front. Mon petit frère peine à faire ses multiplications sur la table de la cuisine au milieu des miettes de pain et du papier aluminium de la tablette de chocolat.

– Tu vas bien, mon chou? C'était comment aujourd'hui?

Son visage s'assombrit. Lui et l'école sont fâchés depuis un bon moment. Il est tellement dans la lune, tellement distrait que ça lui joue des tours.

– On peut jouer au jeu des ouistitis?

– Oui, si tu veux. Attends, je me prépare un thé, histoire de me régénérer.

C'est un mot qu'adore Géraldine. Comme *se ressourcer, faire un break, positiver, gérer son stress, canaliser ses émotions* et j'en passe et des meilleures.

– C'est demain qu'ils viennent, papi Georges et mamie France ? demande Sylvain tout en restant rivé à son bâtonnet vert avec lequel il accroche les ouistitis sur d'autres un peu plus bas. J'ignore si cette façon de «tricoter» est très réglementaire.

Comme souvent dans ces cas-là, mon bras commence à me démanger. C'est physique, je ne peux pas les supporter, comme tout ce qui touche à notre belle-mère.

– Kiki, je n'aime pas trop quand tu les appelles comme ça. Ce ne sont pas vraiment nos grands-parents…

C'est difficile de lui expliquer, il ne ressent pas les choses comme moi. Il lui arrive d'appeler Géraldine «maman», même s'il se reprend tout de suite, et chaque fois cela me vrille le cœur. Avec mon bol de thé à la main, j'essaie de faire tomber le moins de singes possible. Ce n'est pas évident et j'ai du mal à me concentrer.

– Bon, je vais aller dans ma chambre, j'ai des trucs à faire pour demain.

Ce n'est pas vrai, mais Géraldine va arriver d'une minute à l'autre et je préfère ne pas être dans les parages. J'ai développé une stratégie d'évitement qui se révèle assez payante.

Je retourne chercher ma besace dans l'entrée, et je vois le répondeur qui clignote. Je suis un peu inquiète, j'ai toujours peur qu'il arrive quelque chose, surtout à ma grand-mère. Elle n'est pas très en forme ces derniers temps, elle vieillit à vue d'œil, et c'est une angoisse supplémentaire qui bat sourdement comme une menace, un couperet au-dessus de ma tête.

Je n'y comprends rien, c'est à propos d'un rendez-vous chez le notaire, maître Pasquet ou quelque chose comme ça, au sujet de notre maison en Normandie. Qu'est-ce que c'est ces salades ? Le mot *vente* me traverse l'esprit, mais papa ne ferait jamais une chose pareille. Vendre *La Marotte*, notre havre de paix. Ça y est, mes ongles qui avaient enfin repoussé sont à nouveau déchiquetés. J'essaie de penser à autre chose… Ça ne sert à rien de me faire du mauvais sang pour rien, pour rien sans doute, pour rien c'est sûr. Il faut toujours que j'imagine le pire. Il y a sans doute une explication, il y en a forcément. Les angoisses, les pensées morbides m'empêchent de me réjouir, et pourtant encore, cet après-midi avec Baptiste, on pouvait dire que c'était… que c'était quoi ? Merveilleux, romantique ? Je ne marchais pas, je planais au-dessus du sol. Je réapprends le bonheur petit à petit, m'autorise à être autre chose qu'une plaie béante qui peine à se refermer, à se cicatriser, qu'une remarque déplacée, un geste maladroit, un manquement suffisent à entailler.

J'ouvre en grand mes fenêtres pour aérer. Les photos sur les murs se soulèvent légèrement. Je ne peux m'empêcher d'embrasser ces images, ces vestiges de mon ancienne vie, les images du bonheur, des photos de nous trois, puis nous quatre avec Sylvain. Je passe le doigt sur le visage de maman, comme si je le caressais. J'accroche les Photomaton que j'ai pris cet après-midi avec Baptiste. J'ai un sourire jusqu'aux oreilles, c'est rare. J'ai le plus souvent l'air renfrogné ou ailleurs, perdue. Baptiste me va bien.

Il y aura un mois dans deux jours, j'ai été choisie pour improviser avec lui (le seul garçon de l'atelier théâtre) une scène de drague. J'étais plutôt gênée – je ne me serais jamais proposée pour ce genre de choses – mais je ne voulais pas décevoir mon prof en refusant. Ça peut paraître paradoxal, sur une scène je me sens bien, même si j'ai un trac fou juste avant les représentations. J'aime être une autre, me débarrasser de tout ce poids sur mes épaules pour me glisser toute nue dans un personnage. Bref, à la fin de notre sketch, Baptiste m'a embrassée, je veux dire sur la bouche. Ça avait l'air tellement vrai que tout le monde nous a applaudis et le prof nous a félicités. J'étais plus que cramoisie. Après le cours, Baptiste m'a attendue. Il m'a demandé si je ne lui en voulais pas. J'ai bafouillé je ne sais quoi en évitant son regard. Il m'a attrapé la main et s'est mis à genoux devant moi : « Clara, je ne peux plus le garder pour moi. Tant pis si tu me jettes. Voilà, je suis amoureux de toi. Comme un fou, comme un roi, comme une star de cinéma. » Je me suis mise à rire, je ne savais pas trop si c'était du lard ou du cochon. Alors il a ajouté : « Est-ce que je peux recommencer ? » Interloquée, je n'ai rien répondu. Visiblement, il a pris mon silence pour un oui, puisqu'il m'a embrassée une nouvelle fois, plus longtemps, et mes lèvres se sont mises à bouger toutes seules. J'avais l'impression qu'il m'insufflait des forces, quelque chose comme ça, une sorte de flux énergétique qui passait de lui à moi.

Je ne regrette rien, même si je ne me sens pas toujours à la hauteur. N'ayant aucun intérêt, je n'ai toujours pas compris pourquoi il s'intéressait à moi. Il m'a expliqué qu'il me trouvait mystérieuse, différente, assez inaccessible dans un certain sens. Si on veut… Si j'étais lui, je dirais que je suis morose, neurasthénique et quasi catatonique.

— Clara, viens prendre l'apéritif, fait mon père.

Je ferme mon livre, quitte la pièce avec regret : ma bibliothèque, mon bouddha, ma collection d'éléphants, mes éventails sur les murs et mes affiches du *Voyage de Chihiro* et d'*In the mood for love*. Sans compter mon «musée», comme elle dit. Je sais que ça la démange d'enlever tout ça, mais elle n'irait pas jusque-là, enfin, je suppose. Je l'ai même entendue se plaindre que c'était une provocation de ma part. Il faut toujours qu'elle fasse des histoires, elle est tellement susceptible – sensible, corrigerait mon père, qui ne peut pas s'empêcher de lui trouver des excuses. Je n'en crois pas un mot.

J'ouvre la porte, mon ventre est rempli de pierres à nouveau. Et d'interrogations à propos du message du notaire que j'avais presque oublié, toute à mes rêveries sur Baptiste. Mon père m'embrasse le front, un peu trop distraitement à mon goût. Il ferme la marche, comme s'il voulait m'empêcher – inconsciemment – de retourner dans ma chambre.

— Allez, dépêche-toi un peu. Eva et Coralie sont arrivées.

Je ne vois pas pourquoi je me presserais, alors que la soirée s'annonce longue et barbante. En arrivant au salon, je bredouille un bonjour, suis obligée de biser quatre joues bronzées sous UV et tartinées de fond de teint par-dessus le marché. Ce sont des clones de Géraldine. Je m'assois en boule dans le fauteuil où est déjà installé Sylvain. Avec lui, je me sens moins seule. Il est en train de sucer son pouce, il a du mal à arrêter. Il aura pourtant bientôt neuf ans. Quand il a le regard dans le vide comme ça, je me demande à quoi il pense. Je prends un bol d'amuse-gueules sur les genoux, histoire de trouver une occupation. Géraldine est comme un poisson dans l'eau, elle n'en finit pas de babiller. On dirait que le silence lui fait peur. Moi, je peux rester silencieuse pendant des heures. Mais je n'y tiens plus, la question à nouveau me taraude, me brûle la langue. Il faut que j'en aie le cœur net, quitte à interrompre une discussion passionnante sur une étude comparée des meilleurs centres de thalasso.

– Quand est-ce qu'on va à *La Marotte* ?

Il y a un blanc. Mon père se racle la gorge :

– Je ne sais pas trop, euh, ce n'est pas prévu pour le moment.

Son air gêné ne me dit rien qui vaille.

— Tu ne leur as pas dit? demande Géraldine.

— Non, pas encore… J'attendais le bon moment, répond mon père, et je me sens de plus en plus mal comme si mon cœur voulait s'échapper de ma cage thoracique soudain devenue trop étroite pour le contenir, comme si mon âme, tel un oiseau, voulait prendre sa liberté, lassée de mes atermoiements, de ma langueur sans fin. Je me crispe, me replie au fond du canapé.

— Arrête, Marc, ça ne sera jamais le bon moment. Voilà, les enfants, nous avons décidé de vendre la maison. J'ai trouvé un acheteur, qui est très intéressé. À propos, chéri, maître Pasquet n'a pas appelé pour le rendez-vous?

— Pas que je sache.

Je manque de m'étouffer avec une cacahouète. Sylvain doit me taper dans le dos pour l'extraire de ma gorge. Quand j'ai fini de tousser, Géraldine ajoute à l'intention de ses copines avec un air entendu et, me semble-t-il, un zeste de sadisme :

— Bien sûr, les futurs acheteurs ont prévu de faire des travaux. Ils voudraient commencer très vite, car ils ne sont pas au bout de leur peine, je leur souhaite bien du courage.

Je me lève, mes jambes flageolent :

– Je ne me sens pas bien…

– C'est vrai qu'elle est toute pâlotte, fait Eva, elle veut un sucre ?

J'ai envie de répondre que je ne suis pas un chien, mais comme toujours avec ma robe de petite fille modèle, d'enfant sage et réservée, et résignée et écrasée, je ne dis rien. Je me sens si lâche, une carpette, une mauviette.

Mon père se dresse, mais Géraldine lui fait un signe. Il lance seulement un timide «On en discutera plus tard». Il ne vaut guère mieux que moi.

Je marche comme un zombi, m'enfonce au fond de mon lit. J'enfouis mon nez dans mon oreiller, il ne sent plus rien. Je prends la bouteille de parfum de maman, j'en asperge les coussins. Mais même avec ça, j'ai l'impression de tomber dans un trou sans fin. Mes yeux coulent comme s'ils n'allaient jamais s'arrêter. Toutes ces larmes ont enfin trouvé la porte de sortie, elles explosent sur mes joues à gros bouillons, et je me mords les lèvres pour ravaler les sanglots qui déchirent ma poitrine. Des images de bulldozer passent devant mes yeux. La machine à dents métalliques rouge sang pulvérise pois de senteur, tournesols, roses jaunes, glycines, lilas, tulipes, herbes folles, comme mes souvenirs.

Met en pièces notre cabane en bois tout en haut avec la dînette en porcelaine, la table de poupée et les chaises en rotin. Torpille les carpes dans le petit bassin, les nénuphars, les libellules, le pont aux planches disjointes. Broie les chaises longues décolorées et brinquebalantes où il fait bon siroter de la limonade maison. Déchiquette les chats errants, les oiseaux. Écorne la mémoire des heures passées à pêcher des crevettes grises avec les épuisettes, à ramasser les bigorneaux sur les rochers, à attraper des crabes qui s'enfoncent dans le sable dès qu'on les libère, avec les falaises blanches à droite et à gauche. Pourquoi balayer tout ça?

C'est une idée de Géraldine, j'en suis sûre. Ça ne lui suffit pas de remplacer ma mère dans le cœur de mon père, il faut que... J'aurais dû m'en douter, je ne me méfie jamais assez, où avais-je la tête? J'ai baissé la garde, toute à mon bonheur naissant avec Baptiste. Je me dois d'être vigilante, sinon qui d'autre veillera? tiendra le flambeau?

Quand Géraldine y est venue à la Toussaint, elle a eu l'air déçue quand on lui a indiqué le portail bleu ouvrant sur l'escalier en pierre recouvert de mousse au milieu de la rocaille. Elle ne s'attendait pas à ça, visiblement. Elle a fait la tête pratiquement tout le temps, n'arrêtant pas de se «battre contre la poussière», de critiquer la couleur de la mer, de râler sur la pluie et que sais-je encore. À tel point que papa et elle ont fini par passer leur temps par monts et par vaux. Ça m'a bien arrangée, cela dit, de ne pas l'avoir dans les pattes, j'ai pu profiter de mon séjour sans avoir les poils qui se hérissent toutes les cinq minutes.

C'est sûr que tout est allé un peu à vau-l'eau depuis que maman n'est plus là. La maison croule sous les meubles, on se marche sur les pieds depuis qu'on y a mis au rebut tous ceux qui ont été chassés de notre appartement au profit de canapés Habitat ou de bibliothèques de designers. Papa n'a jamais eu la main verte, la végétation a tout envahi. La maison aurait besoin d'un coup de peinture. Le rose s'écaille par endroits, laisse apparaître le blanc et bleu d'antan. Mais il suffit de tous s'y mettre… Ce ne doit pas être bien compliqué. Elle n'a vraiment aucun goût, car Dieu sait qu'elle est charmante, cette ancienne maison de pêcheur peinte en rose avec son jardin sur plusieurs étages, plein de recoins, face au ruisseau, à cinq minutes de la plage. Quelque chose comme le paradis. Maman ne s'y est pas trompée.

On ne peut pas faire comme si tout ça n'avait jamais existé, tirer un trait bien propre pour que rien ne dépasse. Cette maison est le dernier bastion, le dernier rempart contre l'oubli. Ce ne sont peut-être que quelques murs décrépis, des fleurs, des arbres, un bout de rivière, mais s'ils disparaissent, où maman ira-t-elle, où son esprit pourra-t-il se réfugier? Où pourrai-je la trouver? Lui parler? Je ne peux pas laisser faire ça, sinon son âme sera perdue pour toujours, et moi aussi, et moi avec.

Mardi, 7 h 30

— Dépêche-toi un peu, Clara, tu es déjà en retard, crie Géraldine, comme toujours survitaminée dès le matin.

Je grogne «Non» avant de m'enfouir au fond de ma couette.

— Mais tu t'es enfermée? Qu'est-ce que c'est que ces histoires? Je n'ai pas que ça à faire. J'ai un défilé qui commence dans une heure et je suis déjà à la bourre. Allez, ouvre maintenant... Oh, et puis zut. Tu régleras ça avec ton père ce soir!

Je trouve un spéculoos dans mes poches, mais ça ne suffit pas, je suis affamée. Je n'ai rien mangé depuis hier midi. Ma décision est prise, j'y ai réfléchi toute la nuit. Il faut que je fasse quelque chose, que je marque le coup sinon ça n'aura pas de fin. Mon père n'a même pas pris la peine de voir comment j'allais, de m'expliquer un tantinet, même s'il n'y a rien à expliquer. Hier, j'ai attendu un signe, et il n'est jamais arrivé. Même si je le voulais, je ne pourrais pas me lever, j'ai mis un temps fou à m'endormir, et j'ai mal à la tête d'avoir trop pleuré.

J'ai l'impression qu'ils sont tous partis, je n'entends plus un seul bruit. Je passe la tête à l'extérieur. J'avance à pattes de velours dans le couloir repeint en beige avec des bordures dorées. Géraldine nous a obligés à mettre la main à la pâte. À chaque coup de pinceau, nous effacions nos dessins d'enfants et ce jour-là je me suis dit qu'elle était vraiment sadique, que c'était une femme méchante, une marâtre comme dans *Cendrillon*, sauf qu'elle était belle et qu'elle n'avait pas l'âge d'être ma mère.

Arrivée à bon port, je peux enfin me faire un chocolat chaud, me beurrer des tartines, me verser un grand verre de jus d'orange. Ça fait du bien, j'ai bien cru que j'allais tomber dans les pommes. Je pioche dans les placards, dans le frigo de quoi tenir un siège. Je me prépare aussi un Thermos de thé chaud. Je pose le tout sur mon bureau, que je débarrasse de mes devoirs laissés inachevés. Je remets tout dans ma sacoche, on verra ça plus tard.

Je prends un chiffon anti-poussière que je passe sur chaque photo. Je me sens responsable de tout ça, de cette chape de plomb comme si maman avait été enterrée dans un tombeau de silence. Je contemple celle où nous sommes tous les quatre devant *La Marotte* autour de la grande table en bois avec les bancs. Maman porte un chapeau de paille avec un ruban rose. Ses cheveux roux ondulent sur ses épaules, son visage irradie. Sylvain est sur ses genoux, endormi, paisible, sa tétine sur le point de glisser de sa bouche. Papa me tient par les épaules. Il a l'air heureux et détendu. Je ressemble un peu à maman mais en moins bien, avec ma tête frisée de mouton orange, ma peau couverte de taches de son qui ressortent au soleil, mes bras ronds. Les larmes aux yeux, je détache la photo. Maman, que tu étais belle, très belle, jusqu'au bout, même malade tu étais belle, même sans tes beaux cheveux roux. Même morte, tu étais belle.

Le bureau empeste le tabac froid. Géraldine étant *allergique* à la fumée, papa l'a surtout transformé en fumoir. Je place la photo dans le scanner. Je dois m'y reprendre à deux fois, consulte le manuel de l'appareil pour réussir l'opération. Je l'imprime en dix exemplaires en format A4. Je n'attends pas que ça sèche, sinon je vais changer d'avis. Et même si je tremble, je l'accroche un peu partout dans l'appartement. Sur les baies vitrées de la salle à manger, sur les miroirs du salon, sur le frigo, sur les portes de leur placard. Je fais ça très vite sans trop réfléchir. Je ne suis pas en colère, je trouve même ça assez joyeux. Quand c'est fini, je suis plutôt contente du résultat, papa et maman dans la photo m'approuvent.

– Clara, c'est toi qui as fait ça ? demande mon père, qui a l'air plus peiné que furieux.

Il essaie d'ouvrir la porte, il peut y passer la soirée si ça l'amuse.

– Ben… tu es encore enfermée ? Ouvre-moi tout de suite !

Je ne réponds pas, je sais que je devrais. Je voudrais avoir plus de courage. D'ailleurs, c'est ce que fait remarquer Géraldine :

– Tu pourrais assumer, sinon ça ne rime à rien.

– J'aimerais lui parler seul à seul, si ça ne te dérange pas, dit papa avec sa voix grave.

– Comme tu voudras, mon cœur, c'est ta fille, pas la mienne !

Et pour une fois, nous sommes d'accord.

– Mais, poursuit-elle, je suis très choquée, et je ne suis pas la seule. Sylvain s'est mis à pleurer quand il a découvert tout ça. Avec tout le mal qu'on se donne pour lui faire oublier.

Je ne relève même pas, ça n'en vaut pas la peine, c'est édifiant. Cette fille est tellement prévisible dans sa volonté de me faire mal, de distiller mine de rien son poison dans mes veines sans que mon père se doute de rien.

— Géraldine, ça ne sert à rien de verser de l'huile sur le feu. Laisse-moi régler ça, je t'en supplie. (Je l'imagine claquant des talons, la mine boudeuse.) Clara, qu'est-ce qui t'a pris ? Ça ne te ressemble pas du tout. Je ne comprends pas.

Je passe la tête par la fenêtre pour respirer un grand coup, même si ce n'est que l'air de Paris. Il y a un peu de vent, chose assez rare pour être signalée. Dans le square sur le point de fermer, les mamans viennent chercher leurs bébés en train de jouer dans le bac à sable — comment peut-on appeler ça du sable ? — ou les enfants fatigués de leur journée. Elles les récupèrent, les ramènent à la maison comme un paquet de linge sale qu'elles jettent dans le bain pendant qu'elles lancent une lessive, préparent le repas qu'elles leur font engloutir, pressées de les mettre au lit pour pouvoir enfin se reposer et regarder un bon film à la télé. Je ne sais pas pourquoi je suis aussi cynique. Ce n'est pourtant pas mon genre. Je suis usée jusqu'à la corde, j'ai les nerfs en pelote, en compote, en purée de tapioca.

— Écoute, Géraldine a raison… Nous sommes restés trop longtemps enfermés avec nos souvenirs. Nous devons aller de l'avant. Ce n'est pas bon pour une fille de ton âge de vivre avec tout ça. Ta mère n'aurait pas voulu ça.

— Tu penses qu'elle aurait voulu que tu vendes la maison ?

C'est presque un cri, celui qui depuis hier grossit au fond de ma gorge, s'ajoute à tous ceux que je n'ai pas poussés, mes cris avortés, mes rébellions tuées dans l'œuf, mes coups de gueule mort-nés.

— Ça ne sert à rien de raisonner comme ça. Nous pourrons y retourner des centaines de fois, elle ne sera plus jamais là.

— C'est faux, papa, tu le sais bien, c'est tout le contraire, elle est là-bas, et nulle part ailleurs.

Je ne suis même pas sûre qu'il m'ait entendue, je n'ai plus de voix, c'est un souffle. Cette discussion m'épuise, me lessive, m'essore, me tord les boyaux, me vide de ma substance, me laissant comme un ectoplasme mou et sec.

– C'est trop lourd pour moi, Clara… Tu as bien vu que je n'étais pas bien à la Toussaint. C'était trop… bizarre d'être là-bas avec Géraldine. De toute façon, elle ne veut plus y retourner. Elle trouve ça glauque, et elle n'a sans doute pas tort. Mince, mets-toi à ma place, Clara!

Je ne fais que ça, mais ce n'est pas la mienne. Qu'est-ce qu'il croyait? Que j'étais ravie qu'il remplace maman? Qu'il l'efface de notre vie? Comme s'il lisait dans mes pensées, mon père ajoute:

– Je n'oublie rien, Clara, et surtout pas ta maman… Seulement on ne peut pas forcer Géraldine à aimer cet endroit, ce n'est pas…

Je sais, ce n'est pas facile pour elle. Depuis qu'elle est là, je n'ai rien dit parce que «ce n'était pas facile pour elle». Ce n'est pas facile pour moi non plus. J'ai tout accepté, je n'ai pas fait d'histoires, et j'aurais pu. Mais là, c'est au-dessus de mes forces.

– Je te demande juste de respecter maman, juste ça. C'est le minimum, tu ne penses pas?

Il ne prend même pas la peine de répondre, son téléphone l'appelle. Je me demande parfois si c'est le même homme, celui qui n'était plus que l'ombre de lui-même, s'efforçant de nous maintenir à la surface, quitte à s'enfoncer, s'immerger, manquer de se noyer, pour nous sortir la tête de l'eau. Nous nous éloignons terriblement, inexorablement, nous sommes devenus deux étrangers. Nous étions si proches dans la joie, puis la douleur, et maintenant il semble ne plus savoir comment me parler. («Elle est devenue tellement secrète» a-t-il confié à ma grand-mère, «je ne sais plus comment la prendre».) Il n'essaie même pas, se laisse mener par le bout du nez par Géraldine. Pourtant, je sais que ce n'est pas une lavette, il suffirait qu'il dise non, et il ne l'a pas fait.

Comment en est-on arrivés là? Je le sais très bien, je me refais le film chaque jour, je rumine inlassablement comme si l'arrivée de Géraldine était la source de tous mes malheurs alors que c'est la mort de maman qui a tout dévasté. Mais c'est comme si une tornade s'était abattue après un tremblement de terre alors que nous tentions tant bien que mal de survivre en nous serrant les coudes.

Il y a un an, quand papa nous a dit qu'il voulait nous présenter quelqu'un, *quelqu'un qu'il fréquentait*, je suis tombée des nues. Ça peut paraître naïf, je n'avais jamais imaginé qu'une telle chose puisse se produire. Je suis allée me calfeutrer dans les toilettes du restaurant où nous allions chaque semaine, et où je ne veux plus mettre les pieds depuis. Au bout d'un moment, il est venu me chercher, m'a serrée très fort contre lui. Et puis il a ajouté: «Ne t'inquiète pas: Géraldine est une fille formidable.»

Quand elle est enfin arrivée, assez en retard d'ailleurs, j'ai cru à une erreur de casting. J'avais l'impression qu'elle sortait d'une pub pour l'Oréal. Blonde. Les cheveux anormalement lisses et brillants. Grande. Rayonnante de santé. Bien foutue, évidemment. Elle avait vingt-huit ans. Elle semblait très à l'aise, comme si rencontrer les enfants du premier mariage de son amant ne lui posait aucun problème. Elle a entrepris de me parler musique et cinéma. Nous avons eu du mal à trouver des goûts communs, et j'ai commencé à me demander qui avait quinze ans et qui en avait presque le double. J'ai été surprise par ce choix, cette fonceuse, cette battante, qui n'était pas du tout mon genre, ni le genre de maman, ni a priori celui de papa. (Mais je sais au fond de moi que, même si papa avait trouvé une femme merveilleuse, je ne l'aurais pas acceptée.) J'ai essayé de me raisonner: mon père avait besoin de se distraire un peu, de se changer les idées. Je pensais que ce n'était qu'une passade et que donc ça lui passerait.

Deux mois plus tard, papa l'a invitée à la maison. J'étais gênée pour maman. Je me disais que, si elle était là quelque part et qu'elle découvrait cette intruse chez elle, elle serait choquée. Au moment du dessert, ils ont sorti le champagne. «Nous allons nous marier», nous ont-ils annoncé les larmes aux yeux. Ma coupe s'est brisée sur le sol. Plus tard, par la porte entrebâillée, je l'ai aperçue se glisser dans le lit, le lit de maman. J'ai dû me retenir pour ne pas vomir. Le lendemain, je n'ai pas pu m'empêcher de pousser la porte. Je voulais mesurer l'étendue des dégâts. Sur la coiffeuse étaient alignées un nombre incalculable de crèmes pour les mains, les pieds, le visage, le corps. La table de chevet était à présent envahie de *Elle, Cosmo, Marie-Claire* et de magazines de décoration dont j'ignorais même l'existence. Je ne caricature pas, je dis juste les choses comme je les vois, les ressens. Mais ça, c'est pour l'anecdote… Ce n'est pas le plus grave. Le cadre avec la photo de mariage de mes parents et l'autre de maman avec son grand manteau face à la mer avaient disparu. Seuls demeuraient les deux portraits pris à la maternité. Une mère radieuse avec ses bouts de chou rouges et fripés. Quand j'ai ouvert son placard, toutes ses affaires s'étaient volatilisées. Avant, je passais souvent ma tête dans cette penderie, fourrais mon nez dans les jupes noires à volants de maman, ses robes de bain dos nu africaines, son pull en laine bleu pétrole et son autre vieux rose, son manteau lie-de-vin avec la grosse ceinture, ses chapeaux, ses foulards.

Géraldine a cherché à m'apprivoiser, voulant m'entraîner dans des shoppings endiablés ou à ses cours de gym pour que je perde mes rondeurs, mais j'ai fait le gros dos, j'ai montré les dents, j'ai mis le maximum de distance entre elle et moi. Elle a vite laissé tomber, se consacrant à la mainmise sur Sylvain, plus jeune, donc plus malléable. Et maintenant, nous nous ignorons mutuellement.

Ils ont préparé le mariage pendant des semaines et des semaines, rien d'autre ne semblait les intéresser. Le choix des petits-fours pouvait engendrer des discussions sans fin. (Si je me souviens bien, maman s'est mariée avec son gros ventre avec moi dedans. Ils ont bu du poiré sur la plage à Sainte-Marguerite-sur-Mer, il devait y avoir à tout casser trente invités.) Dans l'immense grange décorée, on devait être trois cents, sans mentir. J'ai été placée à la table des enfants, au milieu d'inconnus. Dès que j'ai pu, je suis allée me réfugier dans la chambre d'hôtel alors que tout le monde continuait à s'empiffrer. J'avais réalisé que mon père aimait réellement Géraldine. Je crois que je voulais mourir. S'il n'y avait pas eu mon petit frère, c'est ce que j'aurais fait, je me serais jetée du balcon.

J'ai pris mon mal en patience, même si c'était un sacrilège de la voir se servir des casseroles de maman, poser ses doigts sur ses livres de peinture. J'avais envie de tout mettre sous verre ou de lui demander d'enfiler des gants. Les objets personnels de maman ont été relégués à la cave, puis à *La Marotte*, sauf un certain nombre de choses − le maximum − que j'ai mises à l'abri dans ma chambre. À présent, il n'y a plus aucune photo de maman, excepté sur mes murs.

J'ai tout gardé pour moi, je savais que ça ne servait à rien de faire des histoires. Mon père marchait sur des œufs, je ne peux pas lui reprocher. Chaque fois, je répondais l'inverse de ce que je pensais : « Mais, papa, il n'y a pas de problème, ne t'inquiète pas pour moi. » Il me serrait dans ses bras, rassuré, me disant qu'il était si fier de moi. Et après je me mordais jusqu'au sang dans ma chambre.

Ça y est, le square est vide. Qui viendra me chercher ? Moi non plus, je n'oublie rien, comment le pourrais-je ?

II

Être enfermée ne me réussit pas. Je me suis vue dans la glace, on dirait un fantôme, un bagnard, une martyre. Mon cœur n'en finit pas de saigner. Je m'occupe comme je peux, mais les minutes sont longues, la journée s'étire à l'infini. D'ailleurs, je meurs de faim, j'ai épuisé toutes mes réserves à grignoter tout le temps. Ça creuse de ne rien faire, de se retrouver face à soi-même, c'est même assez vertigineux.

Je me suis avancée dans mon travail, je me suis farcie la tête d'*Électre* que nous devons jouer prochainement. Je me suis tuée à la tâche pour ne plus trop penser, mais depuis une heure je n'arrive plus à rien, je suis comme hébétée, mon cerveau ne fonctionne plus. Je parle à voix haute pour entendre le son d'une voix, avoir l'impression de parler à quelqu'un. Mon père a fait deux trois tentatives d'approche, rien de très concluant, je le sens plus en colère qu'autre chose.

Sylvain chantonne dans le couloir, avant de frapper à la porte. Géraldine doit être partie, il a reçu des consignes assez strictes pour ne pas rentrer en contact avec moi.

— Clara, tu es là ?

— Où veux-tu que je sois, petit malin ?

Je l'asticote mais je suis heureuse. Je voudrais tellement ouvrir la porte et le prendre dans mes bras. Il m'en coûte de m'éloigner de lui.

— Tu aurais pu t'enfuir par la fenêtre. Je suis sûr que c'est possible.

— N'importe quoi !

Il y a un silence, j'ai peur qu'il soit déjà parti.

— Excuse-moi, mon grand, je ne voulais pas te faire de peine avec les photos. Ce n'était pas le but.

— Moi aussi, je suis triste pour la maison. J'adore pêcher les crevettes.

— Il n'y a pas que ça, Kiki. Des crevettes, tu peux en trouver partout ! Maman aimait beaucoup cette maison.

J'ignore s'il se souvient qu'elle y a passé ses derniers jours. Il a l'air tout chagriné aussi.

— Tu sais, Clara, je ne me rappelle pas. Tu me parles tout le temps d'elle, mais même quand je la vois sur les photos, j'ai du mal à… C'est bizarre pour moi, tout ça.

— Tu te souviens de quoi au juste?

Il me répond qu'il se souvient de l'hôpital, d'une journée de pluie sous la véranda à *La Marotte*, et de quand… Il y a des sanglots étranglés dans sa voix.

— Et avant?

— Pas vraiment.

Il dit que c'est flou, doux et rose comme du coton. Quand il l'imagine, elle est en train de lui caresser la joue, la tête, de lui chanter des berceuses, elle a une belle voix. Elle a de très longs cheveux qui descendent jusqu'aux fesses, elle ne les attache jamais, et puis après plus du tout, à la place, des bonnets ou des chapeaux rigolos. Il rajoute qu'elle ne pleure pas, qu'elle n'est jamais triste, ni en colère, elle sourit. Oui, c'est vrai, toujours, même si elle souffre, même si elle sait que c'est foutu. Il me raconte que dans ses rêves, quelquefois même, elle rit. Oui, surtout quand il fait le clown, il se déguise, n'arrête pas de faire le pitre, l'acrobate. Il chante à tue-tête alors qu'il ne sait pas encore très bien parler «Oh! Hé! Hein! Bon!» et aussi «Z'avez pas vu Mirza, Oh la la la la la la». Tout le monde lui demande de faire moins de bruit, d'être plus calme, pourtant maman supplie : «Laissez-le» et elle pleure tellement elle rit.

— Tu vois, tu te rappelles un peu.

— C'est pas grand-chose.

— Ce n'est pas rien.

Je lui glisse un Polaroïd sous la porte. Je suis sûre qu'il le fixe longuement avant de le presser contre son cœur, sous son tee-shirt, nous sommes faits de la même matière, et des fois j'ai peur pour lui. Il est tellement sensible, tellement émotif, il n'a pas su se construire sa carapace, mettre un pansement même provisoire autour de la blessure.

Ce jour-là, il était arrivé avec une trompette, des lunettes de piscine sur le nez, des bottes de sept lieues et une passoire à l'envers sur la tête. On voit maman en arrière-plan exténuée mais hilare. Il me répond qu'il se souvient, enfin qu'il se souvient de la photo, pas du moment. Moi si, très bien, et je ne sais pas ce qui est pire, se souvenir trop bien ou pas assez.

— Tu me racontes ? J'aime bien quand tu me racontes.

— D'accord, mon chou.

Je lui raconte, ce n'est pas la première fois. J'ai l'impression que ça le rassure. Il avait trois ans quand elle est morte, c'est normal qu'il ne se souvienne pas de grand-chose. Avant la maladie, c'était le bonheur, quelque chose comme ça. Nous passions toutes nos vacances et beaucoup de week-ends à *La Marotte*. Maman était tellement heureuse quand elle était là-bas. Elle jardinait des heures et des heures, faisait des kilomètres à la nage ou tout simplement somnolait à l'ombre d'un pommier, un brin d'herbe à la bouche. Elle était faite pour vivre au contact de la nature, à la campagne, à la mer ou à la montagne. À Paris, elle étouffait un peu, elle ne l'a jamais caché. Alors, dès qu'il y avait un rayon de soleil, un coin de ciel bleu, nous arpentions les parcs Monceau et Montsouris, le zoo de Vincennes, le jardin du Luxembourg, les Buttes-Chaumont, les Tuileries, Bagatelle, Belleville et tous les autres. À la belle saison, maman s'allongeait sur les pelouses mêmes interdites pendant que nous jouions au ballon ou que nous nous amusions avec les jets d'eau.

À la maison, elle nous organisait des anniversaires du tonnerre, et pour n'importe quel prétexte des fêtes déguisées, invitant des ribambelles d'enfants. Mais même sans ça, il y avait constamment de la musique, un gâteau en cours, des peintures sur nos chevalets dans le salon. Les jouets traînaient partout.

Nous passions notre temps à danser. Maman était une femme tellement douce. Elle était d'une patience d'ange, toujours un sourire posé sur les lèvres, à la fois là et ailleurs, distraite et disponible, chantonnant souvent, surtout du Nino Ferrer qu'elle adorait par-dessus tout.

– Sylvain, qu'est-ce que tu fais ? Je t'interdis de parler à ta sœur, c'est clair ?

Sa voix est tranchante comme du verre.

– Oui, Géraldine.

– J'ai pas bien entendu !

Il a embarqué la photo. Une seconde, j'ai un pincement au cœur. Je ne peux pas tout garder pour moi, je dois apprendre à partager.

Je n'ai pas eu le temps de lui raconter la suite, c'est la suite qui me pèse. Je ne sais pas si je pourrai le faire un jour, c'est tellement douloureux. À Baptiste je le dirai.

Je lui dirai que mon grand-père maternel est mort il y a six ans, et que peu de temps après maman est tombée malade. Que je ne pense pas qu'il y ait de lien – je ne crois pas en ces choses-là – pourtant, c'est comme si notre bonne étoile s'était éteinte. Je lui raconterai comment les premiers temps elle nous a caché ce qu'elle endurait, comme une forme de superstition, comme si elle ne voulait pas attirer le mauvais sort. Mais quand elle a commencé à perdre ses magnifiques cheveux, elle a bien été obligée de partager son horrible secret. Je ne l'ai plus quittée d'une semelle. Déjà qu'en temps normal je lui parlais sans relâche, faisant ma «petite radio», alors avec la maladie je suis devenue infernale. Je ne voulais plus aller à l'école pour ne pas en perdre une miette. Des fois, elle devait saturer, ce n'est pas possible autrement.

Elle a eu beau consulter les meilleurs spécialistes, tenter tel ou tel nouveau protocole, la maladie s'installait, ne reculait que pour repartir de plus belle, ne lui laissant aucun répit. Quand les médecins lui ont fait comprendre à demi-mot qu'avec ou sans traitement elle n'en avait plus pour très longtemps, nous sommes partis à *La Marotte*. Maman a essayé de nous préparer comme elle a pu. Elle disait qu'elle serait toujours avec nous, comme une force, comme une étoile. Elle m'a fait promettre d'être la plus heureuse possible. Et j'ai promis en croisant les doigts. Malgré ça, ce fut un été merveilleux, le plus beau de tous peut-être, parce que le plus précieux. Enfin en juillet, parce que en août ce fut une autre affaire. Pendant longtemps, je n'ai pas cru qu'elle puisse mourir, mourir pour de vrai. Je me disais qu'elle serait assez forte pour vaincre la maladie, ce sale cancer qui lui rongeait l'intérieur, qu'il ne pouvait pas nous arriver ça. Et puis peu à peu, je l'ai vue décliner, et j'ai dû me rendre à l'évidence. Elle avait perdu ses joues, ses jolis bras, sa belle poitrine, elle flottait dans ses djellabas colorées. Il n'y avait pas d'autre issue, la maladie prenait toute la place. Elle passait son temps allongée sur une chaise longue avec des couvertures sur les jambes. Une infirmière venait tous les jours lui administrer des piqûres de morphine. Le 7 août, nous avons installé le lit médicalisé sous la véranda, ainsi elle avait l'impression d'être encore dans son jardin. À la fin, elle était souvent complètement inconsciente, ne nous reconnaissant même plus.

Il faudra bien que je lui raconte la suite, et ce sera le plus difficile. Quand je me suis levée le 18 août il y aura bientôt six ans, j'ai voulu descendre l'embrasser comme je le faisais tous les matins et papa m'en a empêchée, me bloquant l'escalier. Il avait de grands yeux fiévreux. Je lui ai échappé, j'ai couru jusqu'à la véranda. Le lit n'était plus là. Je suis retournée près de mon père. Je l'ai serré si fort, j'aurais pu l'étrangler. J'ai dit le plus calmement possible en le raisonnant: «Elle ne veut pas que l'on pleure.» J'étais étonnamment calme. Je répétais dans ma tête en

chantonnant : «C'est fini, c'est fini déjà ? déjà fini ?»
Papa m'a amenée au funérarium parce que je voulais
lui dire adieu. En entrant dans cet endroit sinistre et
glacé, j'ai eu un mouvement de recul. Comme je
broyais sa main, papa m'a demandé si j'étais sûre de
vouloir la voir. Et j'ai répondu courageusement que
je l'étais. Je n'avais que onze ans. Maman avait l'air
de dormir. Elle souriait, elle n'avait plus l'air de
souffrir, mais ce n'était pas une consolation. Je n'ai
pas voulu aller à la crémation, c'était au-dessus de
mes forces.

Après, dans mes cauchemars, j'ai vu son corps
disparaître dans les flammes des milliers de fois. Je
me jetais dans le feu, je voulais brûler à ses côtés, ne
faire qu'un avec elle comme au commencement. Par
la suite, j'ai fait des rêves plus doux, alors dès que je
pouvais je dormais, abusant du sirop que le pédiatre
avait prescrit. Là-bas je la retrouvais, je me blottissais
à nouveau dans ses bras. Chaque réveil était un cau-
chemar, elle n'était pas là, ce n'était qu'une illusion.

Mon visage ruisselle de larmes, à nouveau, il
n'aura pas fallu beaucoup de temps pour réalimen-
ter la pompe à chagrin, à douleur, à malheur. Je ral-
lume mon portable, il y a dix messages, je préfère
ne pas les écouter.

— Allô, Baptiste ?

— C'est toi, Clara ? Je suis contente que tu appelles. J'étais inquiet, j'ai téléphoné chez toi, et ta mère...

Je serre les dents, je voudrais à cette seconde le quitter sur-le-champ, me faire une injure pareille, alors que mon coup de fil est un appel au secours. Je laisse le silence s'installer, mais mes pensées sont assassines. Au bout du fil, Baptiste finit par bredouiller.

— Je suis désolé, j'ai honte, excuse-moi... Tu me pardonnes, hein, s'il te plaît ?

— Clara ! Ta grand-mère veut te parler, hurle Géraldine.

— Laquelle ?

— Mamie Colette.

J'hésite, je suis tiraillée. Elle me soutiendrait, j'en suis sûre. Ma grand-mère est la personne la plus gentille que je connaisse, c'est la bonté incarnée. Elle s'est beaucoup occupée de nous à la mort de maman malgré son chagrin, prenant le relais de papa quand il touchait le fond.

— Je la rappellerai plus tard.

— Comme tu voudras... Elle va être déçue... Bon, quand vas-tu te décider à arrêter cette comédie ?

C'est un caprice de petite fille gâtée. J'espère que tu t'en rends compte.

Je mords mon poing, j'essaie de ravaler mes insultes. Je bafouille :

— Comment peux-tu dire ça ? Comment peux-tu te rendre compte de quoi que ce soit ?

Comme si je n'avais rien dit, elle poursuit :

— Excusez-moi, Colette, je vous ai fait attendre. J'ai fait tout ce que j'ai pu, mais elle ne veut pas vous parler… Je suis navrée. Elle est vraiment difficile en ce moment, nous ne savons plus comment faire, et, depuis lundi soir, elle n'est pas sortie de sa chambre, enfin en cachette, mais maintenant ça ne va plus se passer comme ça, nous montons la garde.

Sa voix est de plus en plus éloignée. J'ai atteint le point de non-retour, je ne peux plus la supporter. Je regarde une seconde l'objet que je tiens entre les mains avant de comprendre ce que c'est. Je chuchote :

— Allô, t'es toujours là ?

— Oui, j'ai cru que tu avais disparu.

— Excuse-moi, tu sais ce qui me ferait du bien ? C'est que tu viennes.

— Tes parents ne sont pas là ?

Je ne relève pas. Je n'aime pas ce vocable «parents», je n'en ai plus qu'un seul.

— Mais qu'est-ce qu'il y a, ma princesse ?

— Il y a que je commence à me sentir sacrément seule. J'ai besoin de voir quelqu'un, sinon je vais devenir folle. (Et c'est vrai, je le pense vraiment, j'ai peur de sombrer et de ne jamais me relever.) Et puis je meurs de faim.

— Ok ! J'arrive, je fais ce que je peux. Faut que je joue serré pour sortir. Tu es sûre que… ?

C'est le moment que je choisis pour craquer.

— Oh non, ne pleure pas, ma douce. Ne t'inquiète pas, j'arrive. Comment on fait ?

— Hein ?

— Oui, pour que je vienne ?

— Ben, ton idée d'échelle d'incendie, c'est pas si bête que ça. Ça m'a ouvert des perspectives.

— N'oublie pas d'ouvrir la fenêtre alors. Tu m'aimes ?

— Viens, c'est tout ce que je te demande.

Mercredi, 21 h 30

J'ouvre ma valise noire en cuir. L'intérieur est en satin violine, avec des espaces pour la brosse à cheveux et le peigne dorés avec des manchons en ivoire. Maman l'avait trouvée dans une brocante. Pour mes onze ans, elle l'avait remplie de *trucs de filles*. Il y avait des choses dont je ne voyais pas − et d'ailleurs ne vois toujours pas − l'utilité. Des fards à paupières aux couleurs douces, de la poudre de riz, des crayons pour les yeux, un rouge à lèvres, des bouteilles de parfum et plein d'échantillons, un soutien-gorge pour quand je serais grande, des colliers, un foulard. J'ai préféré me jeter sur les paillettes et le mascara pour les cheveux et je me suis déguisée en chanteuse de rock. Je n'ai pas compris sur le moment. Elle avait voulu m'acheter toutes ces choses qu'elle n'aurait pas l'occasion de m'offrir plus tard. Pourtant, maman n'était pas superficielle, coquette, oui, à ses heures, mais à d'autres il fallait la voir avec sa salopette en train de refaire les peintures ou en short dans le jardin, les jambes écorchées par les ronces avec ses grandes bottes en caoutchouc. Papa disait en rigolant qu'elle était très sexy, et oui je crois bien qu'elle l'était. Avec ses cheveux roux qui sortaient par grappes de son chignon, ses formes si féminines, sa peau belle à croquer.

J'enfile son kimono japonais et ses bijoux. Je me maquille, c'est une grande première. Le noir fait ressortir le vert gris de mes yeux. Je me coiffe avec la brosse dorée, elle me fait mal. Je me regarde dans la glace sans me reconnaître, je suis une autre.

J'étouffe un cri. Baptiste est tombé de la fenêtre en faisant un bruit sourd. Il a une rose entre les dents, qu'il me tend avec son air timide et je ne peux m'empêcher de rire. Il ne se démonte pas :

— Tu es magnifique !

— Clara ?

C'est mon petit frère, il a l'air affolé. Baptiste, effrayé, s'est jeté sous mon lit. Il n'a pas l'air d'avoir compris qu'il ne risquait rien.

— Oui, Sylvain ?

— J'ai entendu du bruit. Tu as quelqu'un avec toi ?

— Tu es fou ou quoi ?

— Au fait, si t'as faim, je peux te chercher un truc dans la cuisine, tu ouvres en vitesse, et le tour est joué. Papa est d'accord, il s'inquiète pour toi, tu sais.

— Non, ça va, merci.

— Si tu changes d'avis, tape deux fois, et si tu ne te sens pas bien ou que t'as des ennuis, tape trois fois.

— Tu regardes vraiment trop la télé, toi!

Dès que Sylvain s'est éloigné, Baptiste bondit hors du lit comme un magicien. Je rigole:

— J'aurais dû te filmer. Quel courage!

Il fait celui qui n'entend pas et sort de son gros sac à dos un tas de victuailles: dans le désordre, du cidre, un gâteau au chocolat, des sushis comme j'aime. Il s'est encore ruiné. Il a même amené des baguettes. Je bats des mains. En deux temps trois mouvements, il dresse la table sur mon bureau, allume une bougie qui sent la réglisse, met de l'encens.

— Joyeux moisiversaire, fait-il.

Il me tend un paquet. J'arrache le papier de soie bleu nuit et découvre un cahier relié recouvert de tissu fuchsia avec des motifs hindous.

— Qu'est-ce que c'est?

— Ouvre.

À l'intérieur, il y a des textes écrits à la main, je reconnais son écriture serrée et heurtée, apparemment des poèmes, des bouts de lettres, des nouvelles. Et, ce qui me surprend le plus, des dessins à l'encre de chine qui représentent une fille et un garçon. Il sait vraiment tout faire.

– C'est nous ?

– Oui... Tu liras quand tu seras seule.

– D'accord, merci beaucoup.

– C'est normal. Tu sais, je t'aime... à la folie. J'ai tellement peur que tu me quittes, que tu te rendes compte que je ne suis pas assez bien pour toi.

Je souris intérieurement.

– Arrête, Baptiste, c'est moi, c'est moi qui suis nulle, toi, tu es... parfait.

– Ne dis pas de bêtises. Allez, goûte-moi ça, ça va refroidir !

– Très drôle !

Baptiste me regarde manger avec ses yeux éperdus d'amour tout en examinant la pièce, comme s'il voulait tout enregistrer. C'est la première fois qu'il vient.

– J'adore ta chambre. On y devine bien ta personnalité.

Il adore tout ce qui vient de moi. Pourtant, je n'ai rien fait pour mériter ça. Je suis si maladroite, si coincée. C'est un peu narcissique, mais ça me met du baume au cœur de me sentir aimée, admirée, et j'en ai bien besoin.

Baptiste me montre le cadre sur ma table de chevet en me demandant, un peu gêné :

— C'est ta maman ?

Je hoche la tête, intimidée tout à coup.

— Elle était… très belle. Vous vous ressemblez beaucoup.

Je l'embrasse sur la bouche. Il est surpris et me prend dans ses bras.

— Tu ne parles jamais d'elle, pourquoi ?

J'ouvre de grands yeux ronds et je vais pour protester, mais il a raison.

— Je ne sais pas… Je t'ai déjà parlé de notre maison en Normandie ?

— Non.

— Ah, je croyais… Pour moi, c'est un endroit magnifique. Ma mère adorait tellement aller là-bas qu'elle aurait voulu y vivre. C'était son rêve. Et en quelque sorte, c'est le cas, papa a dispersé ses cendres dans un coin du jardin qu'elle aimait particulièrement en surplomb de la rivière. C'était ce qu'elle voulait.

— Et ce n'est pas bizarre pour toi d'y retourner?

— Non, au contraire, j'ai l'impression d'être plus près d'elle. Je peux retrouver une forme de sérénité. Elle est dans chaque fleur, chaque goutte de pluie, chaque fourmi. C'est idiot, mais c'est ce que je pense. Et cette maison, ils vont la vendre à des inconnus qui vont tout mettre sens dessus dessous. C'est de l'ordre de la profanation. Oui, parce que pour moi c'est sacré, tu comprends?

— Oui, bien sûr. Et pourquoi tu n'expliques pas tout ça à ton père?

Je hausse les épaules.

— Je t'ai fait venir pour que tu me changes les idées, elles sont bien trop noires. J'y pense en boucle depuis lundi. Je veux m'accorder une petite pause, sinon je vais disjoncter.

Il glisse un CD dans mon poste.

— Une petite danse?

— Non, tu sais que je déteste ça.

— Allez… ça sera ton cadeau.

— Je ne peux pas refuser alors.

Elle est magnifique, cette chanson de Nino Ferrer, je ne la connaissais pas. J'ai les larmes aux yeux et je sens que mon maquillage coule, c'est malin. Je crois bien que c'est la première fois qu'on danse ensemble si ma mémoire ne me joue pas des tours. Ce n'est pas ce que je préfère. On ne peut pas dire que Baptiste soit un grand danseur non plus. Nous formons une équipe de bras cassés. Mais ce n'est pas désagréable, de temps en temps, j'entends.

« *Non, je n'oublierai pas la baie de Rio*
La couleur du ciel, le nom de Corcovado,
La rue Madureira, la rue que tu habitais
Je n'oublierai pas, même si je n'y suis jamais allé.

Non, je n'oublierai jamais ce jour de juillet
Où je t'ai connue, où nous avons dû nous séparer
Pour si peu de temps, et nous avons marché sous la pluie
Je parlais d'amour, et toi tu parlais de ton pays. »

Je me souviens d'un bal de village à Sainte-Marguerite-sur-Mer. J'étais assez petite, je ne sais même pas si Sylvain était né. Maman portait une robe rouge à pois blancs, très années cinquante. Elle s'était fait une sorte de choucroute sur la tête avec un ruban ou un serre-tête. Je me demande si ce n'était pas plus ou moins costumé. En tout cas, il y avait une ambiance très guinguette au bord de l'eau avec des lampions et des guirlandes multicolores. Je me revois en train de manger une barbe à papa en regardant valser mes parents, me disant que c'était le plus beau couple de l'assemblée, du monde même, de l'univers. Et puis je ne sais plus comment j'en suis arrivée là, je me suis sentie très angoissée tout à coup ou lucide peut-être, et j'ai eu comme la certitude que ce bonheur, cette insouciance, cette légèreté étaient éphémères. Et à ce moment-là, j'ai été soulevée du sol, j'en ai lâché ma sucrerie. Mes mains et mes joues étaient poisseuses, ma robe de fête aussi. Mes parents s'en foutaient, ils me faisaient voler. Je me suis mise à rire. J'étais tellement heureuse à nouveau. J'étais revenue dans le cercle du bonheur. C'était comme une scène de cinéma.

— À quoi tu penses ? fait Baptiste.

— À… toi, je réponds en souriant.

La chanson se termine. Je lui demande de la remettre, et nous dansons encore, et cette fois j'essaie d'être entièrement dans le moment présent.

— Clara, il faut que j'y aille, il est tard.

— Non ! Je ne veux pas que tu partes. Tu ne peux pas rester encore un peu ?

– D'accord. Laisse-moi passer un coup de fil, tu veux bien ?

Il va à la fenêtre pour téléphoner. Je lui fais signe de s'éloigner, on pourrait le voir. Il a déjà pris des risques insensés pour monter jusqu'ici.

– Alors, qu'est-ce que tu veux qu'on fasse ?

– Que tu m'aides à m'endormir. Toute seule, je ne vais jamais y arriver.

Je pars me changer dans la salle de bains. J'ai la chance d'en avoir une attenante, sinon je crois que j'y aurais réfléchi à deux fois avant de me barricader. Pendant ce temps, Baptiste entreprend de regarder chaque photo.

Je le préviens en débarquant dans mon pyjama violet avec un lapin :

– Ne te moque pas de moi !

– Pourquoi ? Tu es adorable comme ça.

Je lui lance mon coussin et il se met à me chatouiller.

– Arrête, il ne faut pas que je rigole !

Je me couche et il s'allonge sur la couette, les deux bras derrière la tête.

– Tu peux te mettre dessous, tu sais.

Quand il se glisse à mes côtés, il attrape ma main et il murmure :

— Je suis tellement heureux !

Il caresse mes cheveux, pendant que j'essaie de trouver le sommeil. Mes yeux se ferment déjà pendant qu'il fredonne :

« Non, je n'oublierai pas la douceur de ton corps
Dans le taxi qui nous conduisait à l'aéroport
Tu t'es retournée pour me sourire, avant de monter
Dans une caravelle qui n'est jamais arrivée. »

Jeudi, 3 heures

Je me réveille, il est trois heures du matin. Je n'ai pas le courage de réveiller Baptiste. C'est bizarre d'être tous les deux dans le même lit. Je le regarde dormir. Ce garçon m'émeut. J'aime sa façon de bégayer très légèrement quand il est déstabilisé, son pantalon qui menace de tomber, ses mains couvertes d'encre, son sac à dos qui a traîné je ne sais où, toujours plein de miettes de gâteau et de cigarettes écrasées, sa façon de bouger la jambe quand il est nerveux. J'aime ses grands yeux noirs, ils sont immenses, des yeux de hibou. Il a vraiment tout pour lui. Il écrit, dessine, joue divinement au théâtre. Il a aussi une très belle voix. La semaine dernière, je suis allée chez lui après les cours. Sa chambre est à l'opposé de la mienne. Plutôt monacale, sauf qu'il y a des centaines de disques et de livres empilés par terre. Je l'ai accompagné au piano pendant qu'il chantait du Jacques

Brel. C'était un très beau moment. Je me suis rendu compte à cet instant précis que j'étais plus accrochée que je ne le pensais.

Dans son sommeil, Baptiste me serre dans ses bras. Je prends sa main et je la pose sur ma poitrine. Mon cœur bat très fort. Ses doigts bougent et se referment autour de mes seins. Je ne sais pas s'il fait semblant de dormir. Tout à coup, il m'embrasse dans le cou, il respire fort. Il me souffle dans l'oreille qu'il m'aime comme un fou, comme un roi. Nous sommes dans une sorte de sommeil éveillé, assez irréel. J'ai des frissons partout et très chaud. J'enlève mon pyjama. Il ouvre des yeux émerveillés. Ses mains tremblent et moi aussi, comme une feuille. Je n'ai pas peur.

J'ouvre un œil et sursaute en découvrant Baptiste à mes côtés.

— Hou, hou, réveille-toi !

Il ne bouge pas d'un pouce et marmonne. Je le secoue :

— Baptiste, c'est la catastrophe !

Il se lève tout froissé, enfile son blouson, se coiffe quand même devant la glace. Avant de m'embrasser et de repartir par la fenêtre, il me chuchote à l'oreille.

— J'ai adoré dormir avec toi. Merci.

Je rougis, je ne sais pas s'il se souvient de tout. Moi-même, je suis en train de me rappeler, de réaliser. Je bredouille :

— Moi aussi.

Il disparaît par là où il est arrivé. Par chance, il n'y a personne dans la cour. Il était temps, mon père tambourine à la porte, s'énervant franchement sur la poignée.

— Allez, ça suffit maintenant! Tu ne vas passer une journée de plus là-dedans! Ça devient absurde.

— Papa, je ne te reparlerai pas tant que tu n'auras pas changé d'avis.

— Ah ben, ça me fait plaisir d'entendre ta voix, ça me rassure, tu es toujours vivante. Bon, plus sérieusement, ça s'appelle du chantage ce que tu fais.

Je mets ma menace à exécution. Il a beau me parler, me supplier pendant une éternité, je ne dis plus un mot. Je finis par mettre mon casque de Walkman pour ne plus l'entendre. D'ailleurs, je le préviens :

— Papa, je ne t'écoute pas!

Dehors, il pleut à verse. Le square s'est transformé en champ de boue. Les gens partent au travail, se protégeant comme ils peuvent, certains avec leur mallette en cuir sur la tête. Les moins pressés, s'abritent sous l'ancien kiosque à musique.

Je prends une longue douche. Je n'ai pas l'impression d'être différente de celle que j'étais hier et pourtant...

III

— Alors, ma chérie, tu ne veux plus sortir ?

Je relève la tête, j'étais dans mes pensées, très loin, tout au fond de moi, tout au bout de l'enfance.

— Mamie, c'est toi ?

Je suis un peu sonnée, ma voix est pâteuse, je me sens ramollie. Depuis combien de jours suis-je là-dedans ? Quatre, peut-être plus. J'ai perdu la notion du temps. J'ai l'impression que ça fait une éternité. Je n'ai plus de forces, ma bouche est desséchée, mes yeux sont vitreux et brillants par intermittence, comme s'ils clignotaient.

— Tu ne vas pas me laisser parler derrière une porte tout de même.

Je n'ai pas vu ma grand-mère depuis Pâques. Elle m'a emmenée passer cinq jours à Venise. Quand je lui ai raconté nos vacances de la Toussaint, elle m'a dit que c'était normal que Géraldine réagisse comme ça, qu'il fallait lui laisser un peu de temps. J'ai été contrariée pendant quelques secondes, et puis j'ai laissé ça de côté. Nous étions si heureuses toutes les deux, arpentant les ruelles, visitant les églises, traversant les canaux, nous gavant de risotto noir à l'encre de seiche ou de *linguine al vongole*, poussant en bateau jusqu'aux îles Burano, Murano et… j'ai déjà oublié leurs noms, mais pas leur couleur, leur parfum, leur douceur.

— Tu es venue exprès pour moi?

— J'aurais pu puisque tu ne voulais pas me prendre au téléphone, mais je ne veux pas te mentir, j'avais un rendez-vous à l'hôpital pour mes examens. Tu sais que je dois surveiller tout ça depuis mon opération.

Il y a des mots que je ne peux plus supporter, *hôpital, examens* et *opération* sont de ceux-là, ils font grésiller mes terminaisons nerveuses: *danger, danger, danger.*

— Et alors, tout va bien?

— On ne sait pas encore, mais je suis plutôt confiante, et puis je suis vieille, alors je m'en fiche, j'en ai assez vu comme ça.

— Ne dis pas de bêtises, ma petite mamie, je réponds et une bouffée de tendresse mêlée d'angoisse m'envahit. D'accord, je te fais rentrer.

— Ça marche et je ressors dès que tu en as assez de moi. Je t'ai apporté des pâtes d'amande, du saucisson aux noisettes et du nectar de framboise.

— Toi, tu sais comment m'amadouer...

J'ouvre la porte, je suis un peu fébrile. Je me jette dans ses bras. Elle a encore maigri, elle est de plus en plus petite, on dirait. Je la dépasse maintenant d'une bonne tête, il faut dire que je n'arrête pas de grandir. Elle me dit qu'elle se fait du souci pour moi. Je murmure, le visage dans son cou :

— Oh, mamie, mamie...

— Parle-moi, ma chérie...

Je n'arrive pas à trouver les mots. Elle s'assoit sur le lit, me fait signe de la rejoindre. Je pose ma tête sur ses genoux, m'abandonne.

— Je t'ai amené quelque chose qui te fera peut-être du bien. Ta mère voulait qu'on te le donne pour tes dix-huit ans. Mais étant donné la situation...

Elle me tend une enveloppe que je pose à côté comme si elle pouvait me brûler. Elle hésite un instant, la main figée en l'air, puis me propose de passer quelques jours chez elle. Au calme. Elle me dit que j'ai besoin de changer d'air, me promet qu'elle va prendre soin de moi. Elle n'a pas tort, j'étouffe ici, les fantômes tournent autour de moi et m'entraînent peu à peu avec eux, de l'autre côté. Partir avec elle, c'est tentant, m'échapper de cette prison même volontaire, mon autopunition, trouver une porte de sortie puisque être privée de liberté ne sert à rien, puisque mon sacrifice est inutile, alors que dehors il fait si beau, que mon amoureux arpente la ville sans moi l'âme en peine. Dans son cahier, il me parle d'amour de toute une vie. Je n'en suis pas là. Ce pourrait être aussi l'occasion de prendre un peu de recul, d'y voir plus clair. Nous sommes déjà allés tellement loin, nous allons peut-être trop vite.

Le balcon de l'appartement qui donne sur la montagne, les grillons, la piscine de la résidence, et la mer en bas transparente. Le rocking-chair, les disques de tango argentin de mon grand-père, les marmites de poissons, les sardines grillées dans le restaurant du vieux port. Mon deuxième lieu préféré après *La Marotte*, même s'il fait trop chaud et qu'il est trop peuplé en été. Je m'y vois déjà, et pourtant toutes ces journées passées pour rien me restent au travers de la gorge.

— Mamie, je voulais tellement qu'il change d'avis…

Elle me répond qu'elle a essayé de le raisonner de son côté, comme si mon père était encore doté de raison, depuis que cette fille lui a tourné la tête, la lui a mise à l'envers, lui a fait perdre l'essentiel. Elle pense qu'elle peut peut-être le faire changer d'avis, mais qu'il ne faut pas le brusquer, sinon il se braque. Alors, c'est sûr, ce n'est sûrement pas la bonne méthode, ce siège, mais j'ai fait avec mes propres armes, un mélange de faiblesse et de détermination. J'ai fait comme j'ai pu surtout et maintenant je suis dans l'impasse, et je ne sais pas où se trouve la voie de secours.

— Je le connais depuis qu'il a vingt-cinq ans, ajoute-t-elle, et je sais qu'elle voit ma mère à ses côtés, quittant le Sud pour s'installer dans ce grand appartement bourgeois dont il venait d'hériter et qu'elle n'a jamais vraiment aimé, quittant tout pour vivre avec lui.

— C'est comme s'il trahissait maman.

— C'est un peu exagéré, et tu le sais bien au fond de toi. Ton père est un homme bien.

— De toute façon, depuis que Géraldine est là, c'est comme s'il l'oubliait.

Elle se met à me raconter qu'il a déjà suffisamment souffert comme ça, qu'il a le droit de vivre sa vie lui aussi, qu'il faut que je sache que rien n'angoissait plus ma mère que d'imaginer mon père seul et malheureux, des choses comme ça que je n'ai pas envie d'écouter, alors je la coupe. Je suis mauvaise tout à coup, c'est une colère qui monte, qui surgit et que j'ai du mal à refréner, une humeur sombre qui déboule comme la lave sur le volcan.

— Mais c'est de ta fille qu'on parle, du respect de sa mémoire ! Elle est là-bas ! Comment il a pu oser ?

— Je ne suis pas sourde, inutile de crier ! Si ta maman n'a pas souhaité être enterrée, c'est qu'elle voulait être mêlée à la nature, à la terre. Mais au fond ça n'avait pas d'importance pour elle, ni de sens. En aucun cas, elle ne voulait faire de cette maison un tombeau, mais un lieu de vie.

Je me bouche les oreilles, tout ce qu'elle raconte est insupportable. Les mots m'écorchent l'âme, creusent ma blessure. Je ne pensais pas qu'on pouvait aller si profond, bientôt je serai transpercée de part en part. Si une personne avait ma confiance, c'était bien elle. Si quelqu'un pouvait remplacer maman, en avait la légitimité, c'était encore elle. La colère retombe, laisse place à une tristesse insoutenable, au-delà des pleurs.

— Mamie, laisse-moi seule, s'il te plaît.

Elle n'insiste pas, ressort la tête baissée, toute voûtée. Je referme la porte derrière elle. Je tremble des pieds à la tête. Je me glisse au fond du lit, rajoute des couvertures.

Je me sens morte à l'intérieur. J'aimerais dormir, dormir des centaines d'années. Il y a ces cachets que j'ai piqués à papa. J'en ai pris un hier, j'en reprendrais bien un autre, mais je ne sais pas si maman trouverait ça bien, si elle serait fière de moi, je ne crois pas. Et pourtant, je ne peux pas faire autrement, je dois sauver ma peau.

Vendredi 21 h

– Clara, c'est moi… Ouvre-moi !

La voix de Baptiste me sort de ma torpeur. Mon cerveau est rempli de coton. Je me lève péniblement, comme si le film était au ralenti, comme si ce n'était pas la vraie vie. De l'autre côté de la fenêtre, mon amoureux, mon amant, mon Roméo me regarde. Il vient me sauver, mon sourire est rempli de gratitude. Nous collons nos bouches à travers la vitre.

– Ben, qu'est-ce que tu trafiques, toi là-haut ? crie Géraldine, et sa voix me réveille tout à fait. Descends tout de suite, ou j'appelle la police.

Mon chevalier servant pouffe, puis redescend tranquillement comme s'il n'y avait pas le feu au lac. Pourtant, elle n'a pas l'air d'être d'humeur à prendre ça à la rigolade. Je l'aperçois dans la cour, les poings collés sur les hanches.

– Ne t'inquiète pas, Géraldine, je le connais.

– Toi, je ne t'ai pas sonnée ! Suis-moi, mon garçon, j'ai deux mots à te dire.

Je vois que Baptiste hésite à prendre ses jambes à son cou, mais l'autorité naturelle de Géraldine semble agir comme un fluide paralysant. Ils disparaissent tous les deux dans la cage de l'escalier, escortés de mon père qui a rappliqué, et qui a enfilé le masque du « mari trompé furieux » ainsi que la grosse voix qu'il utilisait autrefois pour faire l'ours effrayant.

Je colle l'oreille à la porte. Ça crie de tous les côtés. Baptiste est en train de passer un sale quart d'heure. Par ma faute. J'aimerais bien être une petite souris. J'ai la main sur la poignée, je suis à deux doigts de venir à sa rescousse, mais j'ai l'impression qu'il a enfin réussi à prendre la fuite. Un bruit de talons précède ma belle-mère transformée en furie, en harpie.

– Clara, tu t'es bien foutue de nous ! Toute cette comédie pour faire venir ce garçon dans ta chambre.

C'est tellement débile que je préfère ne rien dire. Elle n'a rien compris décidément au mal qui me ronge jusqu'aux os, elle a du céleri rémoulade dans la cervelle et un bloc de granit à la place du cœur.

– Je suis vraiment déçu par ton comportement, ajoute mon père. J'attendais mieux de toi.

Je voudrais lui rétorquer que je ne suis plus une petite fille. J'ai grandi, même s'il ne s'en est pas rendu compte, même s'il se fiche totalement de moi et de ce que je deviens.

— Et puis ça va barder. J'en ai ras-le-bol, commence à crier mon père.

Ils continuent à s'agiter, à vociférer. Par la fenêtre, je regarde Baptiste traverser la cour. Je l'embrasse du bout des doigts. J'aimerais tellement être dans ses bras. Je n'avais pas vu, le square est en chantier, un vrai champ de bataille. À croire qu'ils y sont allés avec des bulldozers. Tout le terrain a été retourné, les balançoires et le toboggan ont été enlevés. C'est peut-être un mal pour un bien (ce square n'était vraiment pas terrible), mais ça me porte un coup au cœur. Dans quelques semaines, ce sera au tour de *La Marotte*, et je n'aurai rien pu faire pour empêcher ça. Tout à coup, je vois mon père sur le point de grimper à l'échelle. Il a quelque chose dans la main, un marteau ou quelque chose de ce goût. C'est presque drôle. C'est pathétique. Il n'est pas aussi léger que mon ange aux cheveux noirs. Il a même un peu forci ces derniers temps, alors qu'il n'a jamais fait autant attention à son corps. Sylvain, qui suit les opérations depuis sa chambre à côté, se met à rire nerveusement. J'appuie sur le bouton du volet qui descend inexorablement. Papa pousse un juron pas beau à entendre. Une seconde, j'ai peur qu'il ne lâche l'échelle, qu'il ne s'écrase sur le sol.

Il est hors de lui, il est en train de devenir fou. Et moi aussi, je crois. Je suis glacée, je claque des dents à nouveau, je crie aussi de rage, de dépit. Je dois me calmer, garder le contrôle sur la bête qui grossit dans mon ventre, qui veut me piquer ma place et me donne envie de tout casser autour de moi. Je fais couler de l'eau brûlante dans la baignoire, jusqu'à ce qu'il y ait de la buée partout. J'ai un mal fou à rentrer dedans, ma peau devient rouge comme un tourteau trop cuit, et pourtant je plonge sous l'eau le plus longtemps possible, même si la chaleur est insupportable. Quand je sors enfin la tête, sur le point de tourner de l'œil, je perçois la voix étouffée de Sylvain de l'autre côté de la cloison :

— Clara, sors maintenant. Ils ne feront pas d'histoire, ils me l'ont promis.

— Ils t'ont demandé de me dire ça ?

Il ne répond pas, à la place il y a un grand silence, un silence tout noir. Qu'est-ce qui se passe ? Les plombs ont sauté, on dirait. Je chuchote :

— Eh, Kiki, il y a une panne d'électricité ou quoi ?

Il va pour me répondre, mais quelqu'un murmure : « Chut ! »

Au bout d'un moment, je m'extrais de la baignoire. J'ai l'impression de peser dix tonnes et ma peau est toute fripée. Je cherche à tâtons mon peignoir, puis enfile ma chemise de nuit. Il n'y a plus de lumière dans le couloir non plus, je n'aime pas ça. J'ai toujours eu peur du noir, mais si j'ouvre les volets, ils risquent de surgir à tout moment. Je voudrais être ailleurs, être loin d'ici, peut-être que j'aurais dû partir avec mamie, au lieu de me fâcher avec elle. J'ai été dure, je m'en veux, elle ne le méritait pas. Elle voulait réparer les pots cassés, c'est tout ce qu'elle essayait de faire.

Je prends la boîte d'allumettes qu'a oubliée Baptiste, les craque une à une. J'entends des voix, est-ce la faim, l'obscurité, la solitude, tout ça mélangé ? Mais je crois reconnaître ton rire, maman… Je fredonne pour me donner du courage. Des chansons que tu me chantais.

« La vie c'est comme de l'eau
Qui coule d'une fontaine
Mais elle n'a pas eu le temps

De boire la sienne
La petite Nathalie lointaine.

Quand je pense à toi
Souvent je te revois
Au bord de la mer
Avec tes cheveux collés
Par le sel et le soleil de l'été.

Je n'oublierai pas
Ton nom et ton regard.
Je n'oublierai pas
Ta voix
Je n'oublierai pas. »

La lumière ne revient pas, cela fait un petit moment déjà. Je n'ai plus d'allumettes. Dans le noir, je me berce, repliée, tenant mes genoux dans les mains. Je n'entends plus personne, ils doivent être tous partis. Ils ont abandonné, ils m'ont abandonnée. Je me réfugie sous mon bureau. J'ignore pourquoi je fais ça. J'ai si peur tout à coup, je tremble de la tête aux pieds. Maman, que dois-je faire ? Je suis perdue. Je voudrais crier, crier de toutes mes forces pour que la colère parte enfin et que je puisse repartir plus légère. Je m'éloigne de toi réfugiée dans ma colère, car je t'en veux de m'avoir laissée et je ne peux pas t'en vouloir. Si quelqu'un tenait à la vie, s'y accrochait, profitait de chaque minute, faisait de nos vies une fête justement, c'est bien toi. Tu étais une fée, une magicienne, je n'ai pas ton don. Je suis le petit canard qui peine à se transformer en cygne.

Mes mains tombent sur le paquet laissé par ma grand-mère, je ne sais pas comment j'ai fait pour oublier que je possédais un tel trésor. J'ouvre à tâtons l'enveloppe à bulles. Mes doigts découvrent une cassette enregistrée. Je ressors de dessous le bureau et la glisse dans ma chaîne. J'espère que les piles marchent encore.

«Clara, ma fille adorée…» La voix tant aimée, à la fois oubliée et inscrite dans chaque parcelle de ma peau, s'élève. Ma gorge est serrée, mon cœur bat si fort, je m'approche plus près, le plus près possible.

Clara, ma fille adorée,
Bon anniversaire.

Ça doit être bizarre pour toi de m'entendre, un mélange de bien et de mal, j'ai dû mal imaginer. C'est inimaginable il faut bien le dire qu'on puisse être séparées, hein ? J'espère que tu vas bien, que je ne suis pas un poids trop encombrant pour toi. Je me voudrais légère, t'épaulant, te soulevant au sol comme la fois — tu te rappelles ? — où j'avais voulu enlever l'ombre sur ton front au bal de Sainte-Marguerite.

Tu sais… à partir du moment où nous naissons, notre mort est programmée, plus ou moins tard, mais inéluctable. C'est la vie, son essence. Même si ça nous paraît cruel et injuste, on ne peut rien contre ça, juste espérer que ce temps qui nous est imparti soit le plus beau possible. Tu ne peux être en colère contre ça. Au début, je l'ai été, maintenant c'est fini, je ne suis pas résignée, non, mais j'ai compris, j'accepte.

J'ai eu le temps de vous aimer et de vous aimer encore. J'ai profité de chaque minute de cette vie et plus encore ces derniers mois. Alors ne laisse jamais les nœuds dans ton ventre te détruire. Tu n'as pas le temps, ça va si vite quand on y pense. La vie doit continuer, coûte que coûte. Et je veux que tu sois heureuse, c'est mon souhait le plus cher. Oui, sois heureuse, ma fille, suis ton chemin, creuse ton sillon. N'aie pas peur, je suis derrière toi.

Je veux aussi te parler de ton père. Il m'aime de toutes ses forces et je l'ai aimé, je l'aime, à la folie. Et c'est pour ça que j'espère de tout mon cœur qu'il sera heureux lui aussi.

Tout ça est assez décousu, je suis désolée. C'est improvisé et puis je suis un peu fatiguée.

Prends soin de toi.
Ta maman qui t'aime.

Dès que c'est fini, je rembobine la cassette. La voix de maman me berce, comme avant, comme toujours.

Je me réveille dans la chambre noire. Je remonte le volet roulant. Il y a un camion rouge garé dans l'avenue, je ne sais pas si c'est pour moi, mais je n'ai pas envie de le vérifier. De toute façon, je n'ai plus rien à faire ici, je n'en peux plus de cet endroit, là n'est pas ma place. J'enfile un jean par-dessus ma chemise de nuit, ma veste en velours. J'attrape mon sac, j'y mets l'enveloppe avec les billets que j'ai reçus pour mon anniversaire, la cassette que j'ai dû écouter des dizaines de fois, le cahier de Baptiste, et trois photos que j'arrache au hasard sur mon mur. Je sors par la fenêtre, c'est assez périlleux et j'ai le vertige. À mi-chemin, je n'arrive plus à avancer, je souffle comme un bœuf, recherche mes réserves de courage pour continuer ma descente.

Ce n'est qu'en bas que je réalise que je suis pieds nus. Je me retourne une seconde, mes rideaux battent au vent. Dans la rue, on me regarde bizarrement, on me fait des réflexions sur ma tenue vestimentaire. Je baisse les yeux, je referme les boutons de ma veste sur ma chemise de nuit. Je frissonne.

Je fais les cent pas devant le Monoprix, j'attends l'ouverture. Dans une cabine téléphonique, je laisse un message sur le portable de Baptiste qui ne répond pas. Il doit encore dormir.

— Allô, c'est moi. Je me suis barrée de la maison. Avec ou sans toi, je pars là-bas. Je serai à 8 h 30 à la gare Saint-Lazare, près du panneau des départs... Je t'aime.

Il y a cette drôle d'impression qui s'installe d'être dans une autre dimension, un monde parallèle qui ne ressemble pas à ma vraie vie. Tout ça est assez surréaliste, je pourrais en rire si je n'étais pas aussi désemparée. Le Monoprix ouvre ses grilles. Je me précipite dedans, le vigile se marre et je le fusille du regard. Au rayon vêtements, je prends des espadrilles les moins chères possible. Je m'engouffre dans le métro.

Baptiste m'attend devant le panneau, le visage tout chiffonné. Il est arrivé avant moi. Son sac à dos a l'air plein, il a eu le temps de prendre quelques affaires, lui. J'essaie de dédramatiser la situation. Elle est grave, mais pas désespérée.

— Ça te dit un petit voyage en amoureux?

Il ne répond pas, me serre dans ses bras jusqu'à m'étouffer. Je ne suis plus seule enfin.

— Excuse-moi pour la scène d'hier.

— On n'en parle plus. Comment tu vas?

— Je suis d'attaque. Il faut qu'on se dépêche. Va acheter des croissants et deux thés, moi, je vais te chercher un billet.

J'ai déjà repris du poil de la bête, je sais ce que j'ai à faire.

Arrivés à Dieppe, on entend déjà les mouettes. Nous attrapons le car de justesse. À Paris, le train était bondé, nous avons eu du mal à trouver deux places côte à côte. Nous avons passé notre trajet les cheveux emmêlés, mon nez dans son cou. À Rouen, nous avons dû changer pour prendre un omnibus. Sur le quai mouillé, Baptiste était nerveux, n'arrêtait pas de fumer. Je lui ai lancé plus par provocation qu'autre chose : « Tu peux repartir si tu veux ? » Il s'est vexé. Nous ne nous sommes pas parlé pendant quelques minutes avant d'éclater de rire.

La route sinueuse longe la côte découpée, monte et descend dans la campagne vallonnée. Plus nous nous rapprochons, plus mon cœur bat la chamade, comme si j'allais à un rendez-vous d'amour. Nous dépassons le panneau Sainte-Marguerite-sur-Mer. Je fais signe au chauffeur de s'arrêter. Je saute presque du car. Je ne regarde même pas la plage de galets, la mer, les falaises de chaque côté. Je commence à courir sur le chemin de terre qui suit la rivière, je ne peux pas faire autrement. Baptiste est resté en arrière. Il me fait signe de m'arrêter :

– J'ai besoin de clopes. Je vais aller au tabac, dit-il en me montrant le bourg. On se retrouve ici ?

– Euh, si tu veux…

Je suis un peu surprise, mais ça ne me déplaît pas. Je reprends ma course. Je suis sur mes terres. Maman, j'arrive… Les larmes dévalent le long de mes joues sans prévenir quand je vois le portail. Je monte quatre à quatre les marches, jusqu'en haut du jardin. Je me baisse pour rentrer dans la petite cabane en bois. Je prends la clé dans la boîte en émail. Il y a mon service en porcelaine, mes fruits et légumes en plastique, une vieille caisse enregistreuse qui ne marche plus depuis longtemps, un filet à papillons.

J'embrasse la clé, pour un peu je l'avalerais. Je ne suis pas dans mon état normal, je m'en rends bien compte. Le jardin déborde de fleurs, sa beauté me renverse littéralement. Je m'allonge dans l'herbe haute, les jambes et les bras écartés. Je pourrais rester comme ça une éternité. Une coccinelle passe sur ma main, me chatouille. Ici, je me sens vivre. J'entends des oiseaux, le vent dans les arbres qui me chuchote «Bienvenue». Maman est là, je la vois quand je ferme à moitié les yeux. Je ne veux pas les ouvrir complètement. Sinon l'image aura disparu. Je repense à Baptiste qui m'attend, je me lève à contrecœur.

J'ouvre la porte-fenêtre de la véranda. Dans le salon, je retrouve cette odeur si particulière, unique qui me fait dire «Je suis chez moi». Cette odeur de bois, de pommes et de je ne sais quoi m'apaise. Je n'allume pas les lumières trop crues, préfère ouvrir les fenêtres et les volets en grand. Les araignées s'en sont donné à cœur joie cet hiver, ce printemps. Mon regard ne tombe que sur des objets familiers. La grande armoire normande, le pétrin, la bibliothèque en acajou, la commode chinoise rouge, les nappes à fleurs, les corbeilles en osier, une vieille malle verte, un coffre en bois peint, les marionnettes ramenées d'Inde par mes parents lors de leur voyage de noces, des masques africains, les éventails japonais accrochés au mur. Je pleure, mais je ne suis pas vraiment triste. Là-haut, il fait sombre. Les chambres sont en enfilade: la rose, la bleue, la violette. Il y a beaucoup de mes jouets dans la mienne: mes meubles de poupées, mes Barbie et tout leur attirail, des jeux de société. La poussière me fait tousser. Je fais circuler un peu d'air dans tout ça.

Baptiste est assis sur la balançoire en face de la mer, en train de fumer en écoutant son baladeur. Il chantonne en même temps. J'arrive derrière lui, c'est puéril, pose mes deux mains sur ses yeux. Il sursaute, puis m'attrape les doigts. Il dit «C'est beau» en me montrant les falaises de craie blanches qui encadrent la plage. On ne voit que les galets. Quand elle est plus basse, la mer découvre le sable et les rochers noirs. Nous nous approchons de l'eau, remontons nos pantalons, nous ne voyons pas nos pieds.

— C'est marécageux, rigole Baptiste.
— C'est doré, je réplique.
Je n'aime pas qu'on critique. Tout à coup, il crie.
— Quelque chose m'a attrapé le talon!
— C'est sûrement un crabe.
— Oh, je sors de là tout de suite.
— Froussard!
Nous sommes deux gamins, oui, c'est ce que nous sommes. Il faut toujours que je me prenne tellement au sérieux. Je dois apprendre la légèreté.

Nous passons à l'épicerie acheter des œufs et des lardons, ainsi que des bananes. Je les ferai flamber, il doit bien rester un fond de rhum quelque part. On verra plus tard pour la suite, je n'ai aucun plan. Je n'ai pas eu le temps de fouiller dans les placards de la cuisine, mais j'imagine que beaucoup de choses sont périmées. À chacun de mes passages, je m'efforce de faire le tri, mais, le temps avançant inexorablement, cela n'a pas de fin. Mme Gronand me reconnaît, elle me demande :

— Vous avez un amoureux, ma jolie demoiselle ? Il est ti pas mignon !

Nous rougissons tous les deux jusqu'à la racine des cheveux et, bien en amont, notre cervelle est un magma brûlant, incandescent.

Nous revenons main dans la main. Quand nous arrivons, le sourire de Baptiste se transforme en grimace. Je n'avais pas vu la voiture garée un peu plus loin. J'envisage de courir, mais mes jambes sont devenues glaise. Mon père est en train d'arracher les longues herbes hautes qui ont envahi la clôture. Il le fait un peu trop rageusement à mon goût. Il est en costume froissé, pas rasé à ce que je vois quand il se retourne. Il s'avance vers moi. Baptiste se met entre nous, s'interpose, comme s'il voulait me protéger. Une seconde, papa semble déstabilisé, puis il dit :

— Eh, mon garçon, je n'ai jamais levé la main sur qui que ce soit, et encore moins sur mes enfants.

Je savais qu'il viendrait.

Mon prince charmant va plus loin sur le petit ponton où nous faisions souvent semblant de pêcher. Je ne baisse pas les yeux, mais je ne regarde pas mon père. Sa mine est tirée. J'ai plus que jamais l'impression d'être dans un film, un mauvais film dont je n'ai pas envie de connaître la fin.

— Clara… Il faut qu'on parle. Je suis fâché, très fâché. J'ai eu si peur quand je suis rentré dans ta chambre, et tu n'étais plus là. Je t'ai vue courir dans la rue…

— Il fallait que je vienne ici.

Et je pleure une fois de plus, ça n'a pas de fin.

— Allez, viens m'aider un peu…

J'arrache une herbe folle plus facilement que je n'aurais cru, mes larmes coulent comme de la rosée.

— Et, toi aussi, donne-nous un coup de main, lance mon père à Baptiste.

Nous sommes dans nos petits souliers. Il va m'en vouloir de l'avoir entraîné dans cette galère, de l'avoir mis dans ce pétrin. Je suis une fille vraiment trop compliquée pour lui, pour qui que ce soit d'ailleurs.

— Baptiste, j'ai appelé tes parents. Quand ils m'ont dit que tu avais disparu, j'avoue que ça m'a un peu rassuré… J'ai arrangé les choses comme j'ai pu.

— Oh, ils ont d'autres chats à fouetter. Ils sont bien trop occupés à se taper dessus.

Papa fronce les sourcils, et je regarde mon amoureux, les yeux écarquillés.

— Je rigole !

Je n'en suis pas si sûre. C'est vrai qu'il ne me parle jamais de sa vie chez lui. Je dois arrêter de ne penser qu'à mon nombril, d'être repliée sur moi comme un hérisson en boule, tout épines dehors pour me protéger, me protéger de quoi ? de son amour ? de sa gentillesse sans limite ? de son dévouement même. Je ne sais où il trouve la patience de me supporter.

— On va rester ici ce week-end, peut-être plus, fait mon père. On va réfléchir à tout ça.

Il enlève sa veste. Il fait incroyablement beau. Je me sens bien tout à coup, tout n'est peut-être pas perdu. Je lance un timide :

— Papa, on pourra aller sur la tombe tous les deux ?

Je ne sais pas appeler autrement ce coin du jardin où nous avons dispersé les cendres.

– Oui, si tu veux, même si ce n'est pas le plus important.

– Pour moi si, je réponds tout doucement.

Dans la véranda, je découvre mon frère qui dort dans le petit canapé à fleurs, la bouche ouverte, le front plissé. On dirait qu'il a grandi. Il murmure «Maman» en ouvrant les yeux, puis les referme aussitôt. Je ne le détrompe pas. Il faut que je prenne soin de lui, il a tant besoin de moi.

Géraldine est dans le salon, un plumeau à la main. Je reste sur le seuil, interloquée. Elle ne m'a pas vue, elle peste contre les araignées. J'ai l'impression qu'elle cherche à m'écraser. Et elle continue à parler, pas très fort:

– Je ne savais pas que ta maman reposait ici. Je n'aurais jamais…

Et je sais qu'elle ne ment pas, elle a quitté un instant son armure, et moi ma carapace a fondu au soleil. Je suis prête à rendre les armes, enfin presque, même si cela me demande un effort surhumain.

– On va boire un petit coup dehors… Tu viens?

Elle se retourne et son sourire est fatigué. Elle non plus n'a pas eu le temps de s'apprêter et je la préfère ainsi. Je vais vers le tourne-disque, je mets le trente-trois tours de Nino Ferrer. Je ressors avec cinq verres, une bouteille de cidre doux et une autre d'Orangina. La voix cassée du chanteur résonne dans le jardin.

> *« La maison près de la fontaine,*
> *Couverte de vigne vierge et de toiles d'araignées,*
> *Sentait la confiture*
> *L'automne,*
> *L'enfance,*
> *L'éternité. »*

Baptiste et mon père sont en train de dégager le bassin recouvert de mousse, mais le petit ruisseau ne s'écoule pas. Mon frère à peine réveillé gambade déjà comme un cabri. Ce film commence à me plaire. J'enlève mon pantalon, entre en chemise de nuit dans l'eau. J'enlève la pierre qui bloque, l'eau se met à couler.

– Bien joué, Callaghan ! fait Sylvain.

J'entends aussi le rire de maman et puis sa voix dans ma tête :

« Alors ne laisse jamais les nœuds dans ton ventre te détruire. Tu n'as pas le temps, ça va si vite quand on y pense. »

C'est ce que je vais faire, maman, je vais essayer.